LLEGA LA NAVIDAD

El viento jugaba con Josefina. Primero,
hizo que su falda ondeara y que las
puntas de su rebozo se agitaran como
alas. Luego la envolvió en un torbellino y empujó su
espalda, apurándola como una mano servicial pero
impaciente. Josefina sonrió. El viento también jugaba
con sus hermanas y con su tía Dolores. Parecían
pájaros con las plumas levantadas por las ráfagas que
barrían el camino aquella tormentosa mañana.

Josefina, sus tres hermanas y la tía Dolores se
dirigían a la aldea, que estaba más o menos a una
milla del rancho. El camino avanzaba entre el río y
los sembrados bajo las altas copas de unos álamos
ahora desnudos de hojas. Los campos, barridos por el

1

viento, tenían el color pardo que adquirían en invierno. Era diciembre. Ese día, todos se juntaban para limpiar la iglesia antes de engalanarla con los adornos navideños. El padre de Josefina se había adelantado con un burro cargado de leña para las luminarias, las hogueras de Navidad. En la iglesia, Dolores y sus cuatro sobrinas se reunirían con él y con todos sus amigos y vecinos.

—¡Ay! —exclamó Francisca, exasperada. El viento le alborotaba de tal modo el cabello que los mechones de pelo se le enredaban frente a la cara. Francisca era la segunda en edad y cuidaba mucho su apariencia, sobre todo cuando iba a la aldea. Se cubrió la cabeza con el rebozo y trató de sujetarlo con una mano. En la otra llevaba un canasto.

Josefina, a quien no le importaba que el viento le encrespara el pelo, pasó un brazo por el asa del canasto y le dijo a su hermana: —Lo llevo yo si quieres.

—Gracias —Francisca soltó la cesta y con ambas manos se apretó el rebozo bajo el mentón.

Josefina vio unos chiles bien rojos y brillantes

dentro del canasto: —¿Por qué llevas esto? —le preguntó a su hermana.

—Son para la señora Sánchez —respondió Francisca.

—¿No te acuerdas, Josefina? —preguntó Ana, la hermana mayor—. Por este tiempo, mamá siempre les daba unos chiles a los Sánchez. La señora Sánchez decía que sin nuestros chiles no podía preparar su posole.

—¡Ah, claro! —exclamó Josefina—. Ya lo recuerdo.

La tía Dolores sonrió a Josefina: —Tengo muchos deseos de probar el famoso posole de la señora Sánchez. Estoy ansiosa de que llegue la Navidad.

Josefina sólo consiguió devolver una tímida sonrisa. Clara, la tercera hermana, frunció el entrecejo. Ana y Francisca tampoco parecían muy entusiasmadas.

Dolores observó los rostros de sus sobrinas: —¿Qué ocurre? —preguntó.

—La Navidad era siempre maravillosa cuando mamá vivía —contestó Ana—, pero la última llegó poco después de su muerte y sólo pudimos pensar en lo mucho que la echábamos de menos.

—Hubo de ser doloroso —murmuró Dolores.

Josefina deslizó una mano entre las de su tía. Sabía que la última Navidad también tuvo que ser muy dolorosa para ella. Dolores estaba en la lejana Ciudad de México cuando su hermana murió y la añoraba tanto como sus cuatro sobrinas. ¡Qué triste y sola debió de sentirse! Meses después había acudido al rancho para ayudar a la familia Montoya, y Josefina le estaba muy agradecida.

—La Navidad fue muy apagada el año pasado —dijo Francisca—. Estábamos de luto por mamá y no hubo ni fiestas ni bailes. De todos modos, nadie tenía el ánimo para festejos.

Dolores y las hermanas caminaron un rato en silencio. Todas recordaban el año anterior y se preguntaban cómo serían esas Navidades. Josefina oía el murmullo de la corriente que chocaba contra las rocas y se revolvía en los recodos. El agua fluía incesante y festiva. La niña hubiera querido sentir la misma ligereza ante las fiestas ya próximas. Una duda la mortificaba.

—¿Estaría *mal* ser feliz estas Navidades? —le preguntó a su tía—. ¿Sería una falta de respeto hacia mamá?

—No, no lo creo —contestó ella—. El año de luto ha pasado, y estas fiestas son una bendición de Dios. Nuestro Señor sin duda quiere que seamos dichosas y celebremos el nacimiento de su hijo Jesús —Dolores bajó la vista para mirar a su sobrina—. Y estoy segura de que tu madre también querría que fueses dichosa. Querría que rezaras, cantaras y gozaras con tus amigos y vecinos.

—Sí —añadió Ana—, mamá querría que siguiéramos todas las tradiciones navideñas.

—Yo pienso lo mismo —añadió Francisca.

—Bien podemos seguir esas costumbres —dijo Clara en tono tajante—, pero no será igual sin mamá.

Josefina sintió una punzada en el corazón. *Clara tiene razón,* pensó.

—Mamá adoraba las costumbres navideñas —le dijo entonces a su tía—. Hasta introdujo una nueva en la familia: cada Navidad hacía un vestidito para...

—¡Ah, ya! —la interrumpió Ana—. Estás hablando de Niña, ¿no es cierto? Te la deberían haber dado la Navidad pasada.

—Pero nunca me la dieron —dijo Josefina.

La tía Dolores estaba perpleja: —¿Quién es Niña? —preguntó.

Ana se lo explicó: —Cuando yo tenía ocho años, mamá me hizo una muñeca a la que llamó Niña. Cada Navidad le cosía un vestido nuevo. Después yo se la regalé a mi hermana Francisca cuando ella cumplió ocho años.

—Sí —dijo Francisca—. Y yo se la pasé a Clara la Navidad en que ella tenía ocho años.

—El año pasado mamá ya no estaba aquí para hacer el vestido —dijo Ana con tristeza. Y volviéndose hacia Clara, añadió—: Pero de todos modos podías haberle regalado la muñeca a Josefina. ¿Qué ocurrió?

Josefina sentía curiosidad por escuchar la respuesta de su hermana, pero Clara se encogió de hombros y dijo tan sólo: —Supongo que me olvidé.

—No importa —intervino Dolores—. Puedes darle la muñeca estas Navidades. Yo te ayudaré a hacer el vestido nuevo. ¿Dónde está Niña? Jamás la he visto.

—Pues hace tiempo que no la veo—dijo Francisca.

—Ni yo —dijo Josefina, mirando a Clara.

—Por algún lado ha de estar —dijo Clara.

Su voz parecía despreocupada, pero una nube de

inquietud empañó por un instante sus ojos. La turbación fue tan breve que Josefina creyó haberla imaginado.

A la desordenada Francisca le gustaba burlarse de la diligente Clara: —¡Santo Cielo! —exclamó—. ¿Quieres decir que has *perdido* a Niña?

—No se ha perdido —replicó Clara, dando un enojado puntapié a una piedrita—. Ya te he dicho que en algún sitio ha de estar. Ya la buscaré cuando tenga tiempo.

—¿Quieres que te ayude? —preguntó Josefina que, aun no queriendo aumentar la irritación de su hermana, deseaba vivamente la muñeca—. La Navidad se acerca y...

—¡Lo sé! —dijo Clara con brusquedad—. ¡No me hace falta ninguna ayuda! ¡Ya la encontraré!

—Por supuesto —dijo la tía Dolores.

Dolores parecía muy segura de que Clara encontraría a Niña, y a Josefina le hubiera gustado poder estar tan convencida como ella. ¿Cómo era posible que Clara hubiera perdido algo tan valioso? ¿Dónde podía estar la muñeca?

Josefina tomó entonces una decisión: dijera lo que dijera Clara, ella misma buscaría a Niña. Al fin y al cabo, *se suponía* que la muñeca fuera suya.

Su resolución la animó. No podía evitar sentirse un poco esperanzada, como tampoco pudo evitar la emoción que sintió al oír música. Josefina aceleró el paso. Débiles pero nítidas, las notas surcaban el aire desde la aldea.

—¡Escuchen! —dijo Dolores.

Todas atendían con la cabeza levantada. La música se iba haciendo cada vez más fuerte. *¡Vengan! ¡Apúrense!*, parecía decirles. Ellas no tardaron en emprender la marcha a un ritmo que más bien era de baile. La gruesa trenza de Josefina rebotaba sobre su espalda, y hasta la prudente Clara avanzaba dando brincos. El sonido de la música se mezclaba en el aire con el intenso aroma del piñón quemado. Cuando llegaron, vieron humo elevándose desde las chimeneas hasta el azul de un cielo sin nubes.

La aldea era pequeña, y Josefina conocía a todos los miembros de las doce familias que vivían allí. También conocía sus casas, tan juntas que parecían apoyarse unas en otras como viejos amigos. Tenían el color terroso del adobe con que estaban construidas. A su alrededor se veían corrales para los animales y huertos ahora dormidos bajo el quebrado manto de la parda tierra invernal. Casi todas daban a la limpísima plaza que había en el centro de la aldea. El edificio más grande e importante era la iglesia. Sólo tenía una planta de altura, aunque el campanario de la fachada se alzaba muy por encima del portón.

Las puertas de la iglesia estaban ese día abiertas de par en par. La gente entraba y salía a toda prisa llevando escobas, cepillos, herramientas y trapos. Algunos cargaban desde el río con grandes tinas de agua que iban dejando un reguero por el camino.

—¡Buenos días! ¡Cuánto me alegro de verlas! ¿Cómo están? —exclamaban todos al ver a Dolores y sus sobrinas.

—¡Buenos días! Muy bien, gracias —respondían ellas entre aquel barullo de música, ladridos y martilleos.

Todo el mundo hablaba, y de cuando en cuando Josefina oía las risas desbordadas y los alegres chillidos de niños que se perseguían unos a otros.

Clara, Francisca y Ana entraron en la iglesia para comenzar el trabajo, pero Dolores y Josefina se demoraron fuera junto a los músicos. Uno rasgaba

una guitarra y dos tocaban violines. La melodía
cambió mientras Josefina y Dolores escuchaban.
Aquellos hombres empezaron a interpretar una
tonada lenta y dulce. La bulla y las pláticas
parecieron desvanecerse para Josefina. Sólo podía oír
la música.

—No había oído este arrullo desde que era chica
—Dolores canturreó las notas por un momento y
luego le preguntó a su sobrina—: ¿Podrías
cantármela?

Josefina asintió y, muy suavemente, empezó a
cantar:

> *Y a la ru, mi niño lindo,*
> *y a la ru-ru, vida mía.*
> *Duérmete, granito de oro,*
> *que la noche está muy fría,*
> *que la noche...*

Un nudo en la garganta le impidió terminar la
canción. Josefina volvió entonces la cabeza y bajó la
vista hacia el canasto de chiles para que Dolores no
pudiera ver sus ojos llenos de lágrimas.

Pero Dolores ya lo había notado y, poniéndole
una mano bajo la barbilla, alzó cariñosamente la cara

La bulla y las pláticas parecieron desvanecerse para Josefina.
Sólo podía oír la música.

de su sobrina.

—Mamá me cantaba este arrullo cuando yo era chiquita —dijo Josefina—. Y para Nochebuena siempre se lo cantábamos en la iglesia al Niño Jesús.

Dolores secó la mejilla de Josefina con el suave borde de su manga y luego preguntó: —¿Todos lo cantan?

—Todos cantan la última parte —dijo Josefina—, pero no la primera. Ésa la canta la niña que hace de María en *Las posadas*.

—Sabes —dijo Dolores—, eres ya bastante mayor para hacer de María.

—¡No, no, no podría! —exclamó Josefina.

¡Ante la simple idea el corazón le latió desbocado! *Las posadas* era una de las tradiciones más importantes y sagradas de Navidad. Durante nueve noches seguidas todos los vecinos de la aldea representaban la historia de la primera Nochebuena, cuando María y José buscaban posada antes de que naciera Jesús. Una niña interpretaba el papel de María montada en un burro, como la madre de Jesús, y un hombre representaba a su esposo José. María, José y un grupo de fieles iban de casa en casa pidiendo refugio. En todas las casas se les cerraban las puertas hasta que, finalmente, eran acogidos en la última. El acto final de *Las posadas* se celebraba en Nochebuena: María, José y el grupo que los seguía eran invitados a entrar en la iglesia, no en una casa. Luego comenzaba la Misa del Gallo.

—Hay niñas —dijo la tía Dolores con aire pensativo—, que quieren ser María porque desean pedirle algo al Señor. ¿Qué pedirías tú, Josefina, si hicieses de María?

Josefina no tenía dudas. Sabía bien cuál sería su ruego: —Le pediría que esta Navidad fuese muy feliz para todos nosotros y para mamá en el cielo.

Dolores sonrió: —Es un lindo ruego —dijo—. ¿Estás segura de que no quieres ser María?

Josefina escuchó las últimas notas de la canción. Dos pensamientos la desgarraban: si una parte de ella deseaba hacer de María, la otra le aseguraba que no sería capaz: —El año pasado apenas pude cantar en *Las posadas* —contestó—. Las canciones me apenaban mucho porque me recordaban que mamá ya no está aquí. Temo que este año suceda lo mismo. No puedo imaginarme haciendo de María —añadió, negando con la cabeza.

—Entiendo —dijo Dolores, colocándole a su

sobrina un mechón de pelo tras la oreja—. Es aún
demasiado pronto. Ven, entremos ya.

La niña asintió con la cabeza y entró en la iglesia
con su tía.

La iglesia era por lo común silenciosa, imponente
y algo oscura, pues sus pequeñas ventanas estaban
hundidas en los gruesos muros, pero aquella mañana
reinaban allí el bullicio y la agitación. La luz
penetraba por las puertas abiertas y se colaba por las
rendijas que una tormenta había hecho en el tejado el
otoño anterior.

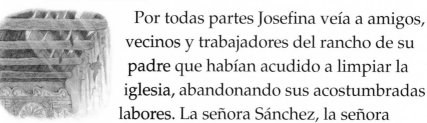

Por todas partes Josefina veía a amigos,
vecinos y trabajadores del rancho de su
padre que habían acudido a limpiar la
iglesia, abandonando sus acostumbradas
labores. La señora Sánchez, la señora
López y otras mujeres conversaban escoba en mano.
Josefina vio a su tía Magdalena, la hermana de su
padre, entre unas mujeres que sacaban brillo a los
candelabros. Ana, Francisca y Clara estaban en un
grupo de muchachas dedicadas a quitar el polvo. Los
niños encargados de regar el suelo para asentar la
polvareda se salpicaban unos a otros. Casi todos los
hombres de la aldea miraban hacia el techo con los

brazos cruzados platicando sobre los daños causados por la tempestad del otoño.

Josefina vio a su padre entre los hombres allí reunidos. El señor Montoya se disculpó con sus acompañantes.

—¡Por fin! —les dijo a Josefina y Dolores—. Andaba buscándolas.

—Nos demoramos fuera para escuchar la música —explicó Dolores.

—Debí figurármelo —dijo el señor Montoya con un brillo en los ojos—. Ustedes son las dos músicas de la familia.

Por el ligero rubor de su cara, Josefina adivinó que el cumplido de su papá le había agradado a su tía.

—¡Bueno, bueno! —exclamó ésta—. ¡Ahora a trabajar!

—Pues manos a la obra —dijo el señor Montoya llamando la atención del señor García, quien enseguida se acercó a ellos.

El señor García era el *mayordomo*, responsable de distribuir las diferentes tareas. Era un hombre ya mayor, flaco, encorvado y de pelo muy blanco, que junto con su esposa estaba al cuidado de la iglesia.

Tenía la voz ronca y maneras señoriales. Todos lo respetaban por sus conocimientos y lo apreciaban por su amabilidad.

—¡Que Dios las bendiga! —les dijo a Dolores y Josefina—. Me complace verlas por aquí. ¡Necesitamos el socorro de manos tan diligentes como las suyas! Tengo para mí que con el temporal del otoño nuestros trabajos van a resultar más fatigosos de lo acostumbrado. El hundimiento del tejado causó gran calamidad. Hay mucho por hacer antes de que venga el señor cura en Nochebuena. ¿Ustedes podrían barrer?

—Con mucho gusto —dijo Dolores.

—Gracias —dijo el señor García antes de dirigirse al padre de Josefina—: ¿Podría pedirle a su familia que lave y planche el mantel del altar como ha hecho tantos otros años?

—Ciertamente —contestó el señor Montoya.

—Acuérdome bien de cuando su querida esposa ofrendó ese mantel a la iglesia —dijo el señor García—. Tenga por seguro que ella estará presente en nuestras plegarias estas Navidades.

—Sí —murmuró el señor Montoya.

El señor García se volvió nuevamente hacia

Josefina: —Me preguntaba si querrías hacer de María, Josefina, tal vez para rogar por el alma de tu madre, que el Señor la tenga en su gloria.

Josefina se quedó helada. Su padre la miraba esperando una respuesta. Su tía Dolores le rodeó los hombros con un brazo y dijo: —Su ofrecimiento es muy gentil, señor García, pero se me hace que este año no será posible.

—Entiendo, entiendo —dijo el señor García con discreción—. Acaso el año próximo... En fin, Margarita Sánchez puede ser María esta Navidad.

Josefina no dijo nada y, por un instante, reclinó la cabeza sobre el brazo de Dolores para agradecerle su comprensión. Luego fue en busca de la señora Sánchez para entregarle el canasto de chiles.

La mañana transcurrió con tanta rapidez que Josefina se sorprendió cuando el señor García llamó a todos para la oración final.

—Acepta, Señor, las labores de esta jornada como acción de gracias por la merced de tu divino amor.

—Amén —contestaron los demás.

Josefina se despidió de todos y salió al sol con su

familia. Había disfrutado barriendo y oyendo el sonsonete de las mujeres que conversaban a su alrededor.

Había sido agradable formar parte de aquella simpática tropa de mujeres armadas con escobas, cepillos, trapos y plumeros. Gracias a su esfuerzo la iglesia estaba reluciente. Pero ahora Josefina se dirigía a casa con paso decidido. Quería empezar a buscar a Niña esa misma tarde.

¿DÓNDE ESTÁ NIÑA?

Josefina cerró los ojos y trató de imaginarse a Niña. La última vez que la había visto, la muñeca vestía una falda de color azul claro. Tenía los brazos y las piernas flojos porque había perdido parte de su relleno, y los hilos de su negra cabellera estaban enredados. La niña recordaba perfectamente sus vivaces ojos negros y su sonriente boca rosada. Además estaba segura de que llevaba una banda verde anudada a la cintura. *Estaré bien atenta a cualquier brizna de verde, negro o azul claro*, pensó. *Niña tiene que estar en alguna parte.*

Josefina exploró primero el dormitorio que compartía con Clara y Francisca. Parada de puntillas, deslizó una mano a lo largo de los elevados estantes construidos en las paredes. Miró en los rincones, bajo las frazadas y detrás del baúl donde Clara y Francisca guardaban su ropa. Ni rastro de Niña.

Luego abrió el baúl. Las prendas de Clara estaban cuidadosamente dobladas y agrupadas en ordenadas pilas. Rebuscó entre las pilas y debajo de ellas, pero no halló nada. Las prendas de Francisca estaban dobladas de cualquier manera y agolpadas con tal abandono que Josefina tuvo que escarbar en el montón. Encontró una media desaparecida, un botón roto y una cinta de pelo cuya pérdida había lamentado ruidosamente Francisca. Pero no encontró a Niña.

Josefina se acuclilló. *¿Dónde estará Niña?*, se preguntó de nuevo, suspirando.

Fue una pregunta que se repetiría cientos de veces a medida que pasaban los días y la Navidad se acercaba. No importaba lo que hacía o dónde estaba: Josefina siempre buscaba a Niña. Comenzaba su busca temprano en la mañana, cuando la nieve aún poseía en los montes un frío brillo azulado, y no la interrumpía hasta bien avanzada la tarde, cuando el crepúsculo pintaba la nieve de rojo.

Los ojos de Josefina exploraban la sala cuando se

arrodillaba allí al llegar el alba para rezar con su familia. Siempre que iba por agua al río, miraba a su alrededor esperando ver a Niña escondida tras una piedra o acurrucada al pie de un árbol. Examinó hasta el último rincón de las despensas, de los establos y de los gallineros mientras hacía sus quehaceres. Inspeccionó la cocina cuando hacía bizcochitos, y el patio mientras aguardaba a que el pan saliera del horno. Registró la cuna cuando mecía al hijo de Ana para que se durmiera. En el cuarto de tejer miró detrás de los telares, en las pilas de frazadas ya terminadas y en los canastos llenos de lana lista para cardar e hilar. Pero Niña seguía sin aparecer.

bizcochitos

En la desesperación, inspeccionó incluso el corral de las cabras.

—No te habrás comido a Niña, ¿verdad? —preguntó a su vieja enemiga Florecita. La cabra miró a Josefina con sus ojos amarillos, parpadeó y se alejó.

Josefina trataba de no desanimarse, aun cuando muy pronto empezó a tener la sensación de que había registrado cada palmo del rancho. Hasta que un día fue invitada a visitar la casa de la señora

Sánchez junto con sus hermanas y su tía Dolores. Esa
invitación la alegró. Sabía que Clara y Margarita
Sánchez acostumbraban a jugar juntas con sus
muñecas. Quizás fuera *allí* donde estaba Niña. ¡Al
menos era un lugar nuevo donde buscar!

    —¡Buenos días! Pasen, por favor, están en su casa
—decía la señora Sánchez dándoles la bienvenida.

    Casi todas las mujeres y niños de la aldea
estaban allí. Las mujeres habían traído trozos de tela
y papel para hacer los ramilletes de flores con los que

se decoraría la iglesia el día de Nochebuena. Dolores llevaba un retazo de tela amarilla que había sobrado cuando Josefina se había cosido su vestido nuevo.

La señora Sánchez era una mujer robusta y de gran corazón, bien conocida en la aldea por su carácter generoso y servicial. Había sido muy amiga de la madre de Josefina. Ambas se hacían numerosas visitas para intercambiar comidas, novedades y consejos. Aunque siempre parecía tener una deliciosa olla borboteando en el fogón, y su casa estaba más limpia que una patena, a la señora Sánchez nunca le faltaba tiempo para una buena plática. La señora Montoya decía que no sabía cómo su amiga lo lograba.

Pero la casa de la señora Sánchez estaba revuelta ese día. Las mujeres se habían reunido en torno al revoltijo de retazos multicolores amontonado en la cocina. Josefina inspeccionó el lugar. No había muñecas a la vista, pero no pudo evitar una sonrisa al ver la pila de ramilletes terminados. ¡Era como si un jardín estuviera floreciendo justo allí, en la cocina de la señora Sánchez!

ramillete

Josefina se volvió hacia su tía Dolores: —Los ramilletes me recuerdan las flores que mamá plantó en nuestro patio.

—Tu madre estaría muy complacida por la manera en que has cuidado sus flores —dijo la tía Magdalena, que era la madrina de Josefina.

Todas las mujeres murmuraron su aprobación.

—¡Qué bellas se le daban las flores a tu madre! —exclamó la señora López.

—¡Y tanto! —exclamó la señora Sánchez—. Pero no me sorprende. ¿Acaso no me decía ella siempre "con agua y amores crecen las flores"?

Las mujeres asintieron, y la esposa del señor García dijo: —Amores ciertamente ofrecía en abundancia, a las plantas y a las gentes. Basta ver lo bien que han crecido sus hijas. Y ha sido un acierto enseñarlas a leer y escribir, y animarlas a que trabajen en el telar —agregó, volviéndose a Dolores.

Dolores sonrió: —Han puesto mucho empeño.

Josefina notó un calor que no venía ni del fuego ni del hirviente y dulce té de hierbabuena que servía la señora Sánchez. Conocía a esas mujeres desde que tenía memoria. La habían ayudado cuando era una chiquitina de piernas regordetas, siempre entre los pies de los mayores o caída en el suelo como los pequeños allí reunidos ese día. La habían visto pegada a Clara y Margarita cuando éstas jugaban con sus muñecas, antes de que desapareciese Niña. Cuando su madre murió, todas esas mujeres perdieron a una amiga muy querida. Josefina sabía que tampoco ellas la olvidarían.

—¡Miren! —exclamó Francisca, colocándose detrás de la oreja una flor hecha con la tela amarilla de Dolores; la joven se sacudió las faldas y giró airosamente como si estuviera bailando.

Todas rieron, y Ana comentó: —Esa flor te luce mucho en el pelo, ¡pero lucirá igual en la iglesia el día de Nochebuena!

—Tenderemos el mantel de su madre sobre el altar y por encima levantaremos un arco de ramilletes —dijo la señora García a las muchachas.

—¡Qué gracia tenía para bordar! —exclamó la tía Magdalena—. En ningún pueblo de Nuevo México hay un mantel de altar más fino.

La señora Sánchez se dirigió a su hija Margarita, la niña que iba a hacer de María en *Las posadas* de ese año: —Canta para nosotras la nana de Nochebuena —le dijo.

Josefina contuvo la respiración mientras Margarita entonaba la canción:

Y a la ru, mi niño lindo,
y a la ru-ru, vida mía.
Duérmete, granito de oro...

Todas menos Josefina se unieron aquí a Margarita:

que la noche está muy fría,
que la noche está muy fría.

La canción no hizo llorar esta vez a Josefina. Mientras la escuchaba, sin embargo, pensó: *Una canción como ésta debe de alcanzar al Señor tan derechamente como un rezo.*

Deseaba con toda el alma ser capaz de representar a María en *Las posadas* de ese año, pero en el fondo de su corazón sabía que no hubiera tenido valor para hacerlo.

La tarde fue breve. El débil sol de diciembre se ocultó enseguida tras las montañas. Era casi de noche cuando apareció el señor Montoya para acompañar de vuelta a casa a su cuñada y sus hijas. Venía de recoger en la iglesia el baúl donde se guardaba el mantel del altar.

La señora Sánchez hizo una seña a Josefina:
—Ven conmigo —le dijo—. Quiero corresponder a
esos chiles con algo para ti y tus hermanas.

Josefina siguió a la señora Sánchez fuera de la
casa. Se quedó asombrada cuando ésta le dio una
jaulita de madera. Dentro había una gallina
blanquinegra, la más soberbia y rolliza que jamás
hubiera visto.

—¡Muchas gracias, señora Sánchez! —exclamó
Josefina.

La señora Sánchez contestó con una sonrisa
amplia y radiante: —¡Me malicio que es una gallinita
vanidosa y altanera —dijo—, pero tiene sobrados
motivos para estar orgullosa. Pone unos huevos
inmejorables. Pensaba que tú y tus hermanas podrían
criar sus pollitos para acrecentar el gallinero. Sé que
la cuidarán bien.

Josefina volvió a darle las gracias y alzó la jaula
para ver de cerca a la gallina. El ave ahuecó el
plumaje y sus redondos ojos negros se cruzaron con
los de la niña. Después, el señor Montoya amarró la
jaula al burro junto al baúl de la iglesia, y la familia
inició la larga caminata de regreso.

*Después, el señor Montoya amarró la jaula al burro
junto al baúl de la iglesia.*

—¡Vayan con Dios! ¡Que Dios los bendiga! —gritaban las mujeres.

Josefina se volvió agitando la mano: —¡Adiós, adiós! —respondió.

Había sido una jornada larga e intensa, y Josefina estaba cansada. Caminando junto a Clara, dijo alegremente: —Los ramilletes quedarán preciosos en la iglesia, ¿no crees?

—Supongo que sí —contestó Clara con cierta amargura—. Pero estoy segura que nadie sabrá disponerlos tan bien como mamá —agregó suspirando—. Al menos el mantel del altar quedará maravilloso. *Eso sí* será como antes.

Cuando llegaron al rancho, el señor Montoya llevó el baúl a la cocina y lo dejó cerca del fogón.

—Aguarde a que vea el mantel de mamá —dijo Josefina a su tía—. ¡A los pájaros que bordó sólo les falta cantar!

La tía Dolores sonrió y se arrodilló junto al baúl. El señor Montoya y sus hijas, arremolinados en torno a ella, miraban por encima de sus hombros mientras levantaba la tapa. Dolores sacó el mantel y todos clavaron la vista en él. Por un instante nadie habló. De pronto, el señor Montoya tragó en seco como si algo lo hubiese herido. Sin pronunciar palabra dio media vuelta y se marchó del cuarto.

Josefina estaba desconcertada. ¿Qué era ese paño rasgado y mugriento que sostenía su tía Dolores? Aquello parecía un trapo viejo. Estaba roído por ratones y olía a moho. Estaba sucio y manchado de humedad. No podía ser el bello mantel de altar bordado por su madre. Pero lo era.

—¡Qué desgracia! —exclamó Ana, desconsolada—. El agua de la crecida ha debido de pudrir el cuero del baúl y ansina han entrado los ratones y se ha filtrado la humedad. ¡Miren qué desastre!

—¡Está *arruinado!* ¡Arruinado igual que la Navidad! —gritó Clara, y salió precipitadamente de la cocina.

El portazo fue tan violento que la habitación y quienes estaban en ella se estremecieron. Aquel comportamiento no era propio de Clara. Sus palabras retumbaban en la cabeza de Josefina: *está arruinado, arruinado igual que la Navidad...* Sintió otra punzada en el corazón. Tenía que ocurrir eso justo cuando empezaba a confiar en que esas Navidades iban a ser maravillosas. El bello mantel de altar que su madre había bordado con tanto amor estaba deshecho. Dolía contemplarlo en el regazo de la tía Dolores.

Dolores lo desplegó lentamente sin importarle la suciedad y el moho que manchaban su falda. Cuanto más lo desplegaba, más destrozos veía Josefina.

Francisca levantó un extremo con la punta de los dedos: —¡Fíjense! —exclamó—. ¡Está hecho pedazos!

Ana suspiró: —Menos mal que mamá no está aquí para ver esto —dijo—. Se le partiría el corazón.

Sin decir palabra, Dolores examinaba el mantel palpándolo cuidadosamente. Finalmente habló: —Me parece que podemos componer esto.

Ana, Francisca y Josefina se miraron sorprendidas.

—¿Cómo? —preguntó Francisca.

—Primero lo lavaremos —contestó Dolores— y luego lo plancharemos. Creo que conseguiremos remendar las partes rasgadas. Habremos de rehacer el bordado donde sea posible.

—¿Y el bordado roído por los ratones? —preguntó Ana.

—Lo supliremos con un bordado nuevo

—respondió Dolores.

Francisca parecía dudar: —Nos hará falta Clara para eso —dijo—. Aunque mamá nos enseñó a todas a bordar, Clara es la mejor. Es la única que borda casi tan bien como mamá.

—De acuerdo —dijo Dolores—. Josefina, por favor, ve en busca de Clara y dile que quisiera platicar con ella.

Josefina asintió con la cabeza, atravesó velozmente el patio y se encaminó al dormitorio que compartía con Francisca y Clara. La puerta estaba entreabierta, y pudo oír el llanto de Clara. Josefina se quedó indecisa. Mientras vacilaba miró hacia el interior del cuarto. A pesar de la oscuridad pudo distinguir cómo Clara abría el baúl de la ropa y sacaba una falda vieja cuidadosamente doblada formando un grueso bulto. Cuando Clara desdobló la falda, su hermana vio una pizca de algo azul claro, un destello de verde y... *¡allí estaba Niña!*

Josefina dio un grito ahogado de sorpresa. ¡Clara tenía a Niña! ¡La muñeca había estado escondida en el baúl todo ese tiempo! Josefina dio un paso adelante, pero se detuvo al ver que Clara estaba sollozando con el rostro hundido en la muñeca. Lloraba como si le hubieran roto el corazón y sujetaba a Niña como si ésta fuera su único consuelo en el mundo. Josefina se alejó en silencio para que Clara no la oyese.

Cuando regresó a la cocina, Ana y Francisca se habían ido. La tía Dolores estaba sola sosteniendo aún el mantel del altar.

—¿Viene Clara? —preguntó.

—No... no lo sé —murmuró Josefina.

Dolores parecía confundida: —¿Platicaste con ella? —preguntó.

—No —dijo Josefina—. ¡Tía Dolores, Clara tiene a Niña! —estalló de pronto—. ¡La vi! ¡La puerta estaba entornada y cuando miré vi a Clara con la muñeca! —hablaba como si le resultara difícil creer lo que había visto—. Clara ha sabido siempre dónde estaba Niña. ¡La escondía para poder quedarse con ella!

Dolores dejó el mantel y tomó las manos de Josefina entre las suyas.

—No sé si lo comprendo todo bien —dijo—. Pero pienso que Clara extraña muchísimo a su madre. Ella hizo la muñeca y le cosía un vestido nuevo cada Navidad. Se diría que por medio de Niña tu hermana se siente más cerca de su madre. La muñeca es un consuelo, y Clara la necesita.

—¿Pero por qué ha fingido que no sabía dónde estaba? —preguntó Josefina, indignada—. Eso era *mentira*.

—¿Recuerdas cuando me dijiste que no estabas lista para hacer de María en *Las posadas?* —preguntó Dolores.

Josefina asintió.

—Pues bien, Clara no está lista para darte a Niña y por eso la esconde —Dolores observó entonces la cara triste de Josefina y trató de animarla—: Ya es algo saber que Niña no se ha extraviado, que está en un lugar seguro. Del mal, el menos, ¿no te parece?

—Supongo —admitió Josefina de mala gana—. ¿Pero cuándo me la dará? ¿Será mía alguna vez?

—Ni yo ni nadie lo sabe —dijo Dolores suspirando—. Ni aun Clara, creo. Tal vez requiera largo tiempo. Como requerirá largo tiempo componer este mantel —añadió soltando las manos de Josefina para agarrar de nuevo el bordado—. Pero lo lograremos. Y cuanto antes comencemos, mejor. ¿Qué digo yo siempre? —preguntó, intentando arrancarle una sonrisa a su sobrina.

A pesar de Clara, a pesar de Niña y a pesar de sí misma, Josefina no pudo evitar una leve sonrisa:

—Usted siempre dice que el tiempo perdido los santos lo lloran.

—Así es —dijo Dolores con entusiasmo—. ¡Empezamos mañana mismo!

CAPÍTULO
TRES
—
EL DEDAL DE PLATA

Y así fue: justo al día siguiente todas, menos Clara, pusieron manos a la obra. Josefina ayudó a su tía a lavar el mantel con jabón y agua tibia y a enjuagarlo en agua fresca. Luego, Dolores lo escurrió delicadamente y, acompañada por su sobrina, lo tendió en un rincón soleado del patio trasero. Cuando estuvo seco, Ana lo planchó con mucho cuidado para evitar que las planchas calentadas al fuego chamuscaran el tejido. Francisca ayudó a Josefina a zurcir algunos de los agujeros hechos por los ratones. Dolores, por su parte, recortó el borde donde los agujeros eran demasiado grandes y lo reemplazó cosiendo un trozo de tela.

Finalmente llegó la hora de bordar. Dolores y las cuatro hermanas se reunieron frente a la chimenea como hacían cada tarde. La tía extendió el mantel:
—¿Qué bordaremos? —preguntó, mirando a sus sobrinas.

Josefina observó la tela. El fuego avivaba los colores de las figuras que su madre había bordado. En ese momento se le ocurrió una idea: —Aguarden —dijo.

La niña corrió a toda prisa hasta el dormitorio y agarró su caja de recuerdos, la cajita donde guardaba objetos que le recordaban a su madre. Con ella volvió a la sala.

—Mamá hizo el mantel y pienso que deberíamos bordar cosas que a ella le agradaban —dijo—. Tal vez estos recuerdos nos den ideas.

Josefina abrió la caja y Francisca sacó una pluma de golondrina: —Mamá adoraba las golondrinas —dijo—. Bordaré golondrinas y otros pájaros.

Ana sacó un trocito de jabón, lo olió y sonrió: —Yo bordaré en el mantel unos brotes de lavanda; a mamá le encantaba su aroma.

—Y yo, hojas y flores —dijo Josefina, sacando de su caja una adelaida seca—. A mamá le gustaban tanto...

—¿Y tú, Clara, qué bordarás? —preguntó la tía Dolores.

Desde la penumbra, Clara examinó el mantel con ojos críticos: —¿Qué más da? —dijo—. Sin mamá no conseguiremos que el mantel quede bien.

—Sí lo conseguiremos —dijo Dolores con firmeza—. Tomará tiempo, pero podemos componerlo. Y si todas trabajamos juntas, pienso que hasta disfrutaremos de la labor.

Clara se apartó de la luz, pero Josefina pudo ver su rostro. Parecía tan triste como cuando lloraba aferrada a la muñeca. Josefina sintió una súbita pena por su hermana: —Bordar este mantel también me hace añorar a mamá —le dijo—. Es como si estuviera muy lejos, ¿verdad?

Clara no contestó.

—Tal vez esto nos ayude —dijo la tía Dolores sacándose del bolsillo un dedal de plata—. Su madre me lo dio hace largo tiempo, cuando las dos éramos muchachas. Por aquel entonces trataba de enseñarme a bordar. Yo estaba harta de pincharme con la aguja, y ella me ofreció el dedal para que no me lastimase el dedo.

Ahora lo pueden usar ustedes.

Clara se inclinó en su asiento, examinó el dedal y miró a su tía: —Si mamá me hubiese dado algo ansina, lo guardaría para siempre —dijo—. ¡Jamás me vendría la idea de deshacerme de algo suyo!

Igual que con Niña, pensó Josefina descorazonada.

—A mí, en cambio, me place compartir el dedal con ustedes —dijo Dolores—. Cuando lo usemos, con cada puntada recordaremos a su madre. Tal vez ansina la sintamos más cerca, menos lejana...

—¿Podría usarlo yo? —preguntó Josefina.

Dolores le alargó el dedal a su sobrina, y la niña se lo puso en el dedo. La plata brillaba a la luz de las llamas. Josefina comenzó a dar puntadas valiéndose del dedal para empujar la aguja a través de la tela. Sabía que Clara la observaba. Cuando empezó a anudar por un extremo la hebra de lana que estaba utilizando, Clara se acercó: —No hagas eso—dijo—. ¿Te has olvidado? Mamá nos decía que nunca anudáramos la hebra en esta clase de bordado. Sírvete de la segunda puntada para trabar la primera. Déjame mostrarte bordando el tallo de esa flor.

Clara extendió el mantel sobre sus rodillas, tomó la aguja de Josefina y comenzó a dar puntadas.

Francisca le dio un ligero codazo a Ana, y Ana le arqueó las cejas a Josefina como diciendo: *¡Vaya sorpresa!*

—Toma, ponte el dedal —dijo Josefina quitándoselo de su dedo.

Clara se detuvo un momento, miró el dedal, lo tomó y, lentamente, se lo colocó en el dedo: —Gracias —murmuró en voz tan baja que sólo Josefina pudo oírla.

Josefina se puso a desenredar la lana que usaba Dolores. Cuando al poco rato levantó la vista, vio que Clara ya había terminado de bordar el tallo y lo estaba rematando con una flor amarilla: sus puntadas eran ágiles y seguras. También vio que su hermana no se había quitado el dedal.

Días después, en una tarde fría y serena, Dolores y sus sobrinas seguían trabajando en el mantel sentadas frente a la chimenea.

—Francisca —dijo Josefina—, esa linda gallinita que estás bordando se asemeja a la que nos dio la señora Sánchez.

Francisca gruñó, fingiendo irritación: —¡No es

una gallina, sino un gorrión! —exclamó levantando
la tela para que también pudiesen verla Dolores, Ana
y Clara—. ¿Qué les parece? —preguntó—. ¿Pasaría
por un gorrión muy gordo?

—¿Un gorrión que cacarea? —bromeó Josefina.

Todas rieron, y Clara dijo: —Yo puedo arreglarlo.
Ese pájaro sólo necesita que le alisen un poquito las
plumas.

—Gracias —dijo Francisca, ofreciéndole con
alivio su aguja.

Ana estaba usando el dedal de plata, pero se lo
entregó a Clara: —Te hará falta esto. ¡La gallina de

Francisca podría darte un picotazo!

La tía Dolores tenía razón, pensó Josefina cuando todas volvieron a reír. *Disfrutamos trabajando juntas para componer el mantel de mamá.*

—Recuerdo lo que mamá me platicó cuando me enseñaba a bordar —dijo Clara—: "Te placerá esta labor, pues necesitas tener tus manos ocupadas."

Dolores y sus sobrinas sonrieron al oír esos recuerdos. Viendo las puntadas de Clara, Josefina admiró una vez más los destellos que arrojaba el dedal de plata alumbrado por el fuego.

Las cuatro hermanas y la tía Dolores trabajaban en el mantel casi todas las tardes. Era una ocasión que Josefina esperaba siempre con ansiedad. Francisca creó un juego con los turnos que guardaban en el uso del dedal: quien lo tuviera puesto debía contar a las demás un recuerdo de la madre. Algunos de esos relatos entristecían a Josefina, pero otros le recordaban tiempos felices, y la risa afloraba entonces a sus labios. Al igual que las protegía contra el dolor de los pinchazos, el dedal parecía defenderlas del dolor que antes causaban los recuerdos.

El trabajo fue lento, pero día a día, puntada a puntada, el mantel fue recobrando su antigua belleza. Y día a día, paso a paso, Josefina fue entusiasmándose por las cosas que prometía aquella Navidad, aun cuando ya estaba convencida de que Niña *no* sería una de ellas.

Antes de que pudieran darse cuenta estaban a nueve días de la Navidad. Había llegado el momento de iniciar *Las posadas.* La primera noche caía una ligera nevada cuando Josefina y su familia salieron hacia la aldea. El señor Montoya encabezaba la marcha sosteniendo en alto un farol para iluminar el camino. Ya en la plaza, Josefina pudo ver las ardientes chispas anaranjadas que desde las luminarias ascendían para encontrarse con los helados copos de blanca nieve. La luminaria más grande estaba frente a la iglesia. La mayoría de sus amigos y vecinos y todos los trabajadores del rancho se habían reunido en torno a ella. Los presentes saludaron a la familia Montoya cuando ésta se unió al círculo. Sus alientos formaban nubes en el aire cortante. Contemplando cómo Margarita Sánchez montaba en el burro y se acomodaba las faldas,

Josefina pensó que la muchacha sería una excelente María. Como era costumbre en la aldea, el padre de Margarita hacía de José. El señor Sánchez condujo el burro hasta la primera casa seguido por todos los vecinos. Cuando llamó a la puerta, la gente cantó:

En nombre del cielo, os pido posada
pues no puede andar mi esposa amada.

Y los de la casa respondieron:

Aquí no es mesón, sigan adelante,
yo no debo abrir no sea algún tunante.

Al principio, Josefina ni siquiera trató de unirse al coro. Se contuvo, esperando volver a sentir el enorme peso de la tristeza que la había invadido el año anterior. Entonces había añorado tanto la voz de su madre que la música hería sus oídos. Pero la música no le resultaba dolorosa esa noche, sino delicada y familiar. Josefina la escuchaba fascinada. Le parecía que aquel canto la ayudaba a recordar la voz de su madre y por eso se alegraba de oírlo. Josefina miró las caras de los que la rodeaban. Vio el viejo rostro afilado y bondadoso del señor García y la cara redonda y juvenil de Margarita Sánchez. Vio a

Ana, Francisca y Clara con copos de nieve en el pelo. Oyó la voz de su padre, tan grave que podía sentirla resonando dentro de ella. Y oyó la voz fuerte y clara de su tía Dolores. Era un consuelo estar rodeada por aquella buena gente que también había amado a su madre. *¡Ay mamá!*, pensó, *¡te echamos tanto de menos!* De algún modo, esa idea le hacía más fácil soportar la ausencia de su madre.

Josefina se estremeció. Pero fue la bella música, no el frío o la pena, lo que provocó su temblor. Mientras escuchaba, pensó que esos mismos villancicos los había cantado la gente durante cientos de años. Se cantaban para honrar a Dios y recordar la primera Navidad, el nacimiento de Jesús. Josefina revivió el tiempo en que su madre le enseñaba esos villancicos para que aprendiera las tradiciones de su pueblo. Recordó todas las Navidades en que ella y su madre habían participado en *Las posadas.* Eran recuerdos a la vez dulces y amargos.

La última casa de la procesión fue esa noche la de la familia Sánchez. Esta vez, cuando los de fuera pidieron posada, los de dentro abrieron las puertas de par en par. Josefina vio en el zaguán la cara afable de la señora Sánchez y la oyó cantar con más fuerza

Pero la música no le resultaba
dolorosa esa noche, sino delicada y familiar.

que nadie:

¿Eres tú José, tu esposa es María?
Entren peregrinos, no los conocía.

Josefina sonrió. ¡Nadie podía dudar de que la
señora Sánchez les daba la bienvenida de todo
corazón! Y de corazón cantó Josefina con los demás
estas palabras de agradecimiento:

Dios pague, señores, vuestra caridad
y que os colme el cielo de felicidad.

A continuación, todos se reunieron dentro para
rezar y cantar nuevos villancicos antes de que
comenzara la fiesta. Las empanaditas de
carne, los tamales y, por supuesto, el
famoso posole de la señora Sánchez
llenaban el aire con sus deliciosos
aromas. Josefina vio a Clara y
Margarita calentándose junto al

empanaditas de carne
y tamales

fuego. Observaban los ramilletes, y Clara sostenía un
retazo de tela amarilla como si estuviese pensando en
hacer más flores. Su cara reflejaba felicidad y
entusiasmo.

Josefina pensó que su hermana debía de sentir lo

mismo que ella. Era como si una pesada carga hubiera empezado a desaparecer.

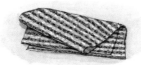

La Nochebuena

 Cada día era más frío que el anterior, y el de Nochebuena fue glacial. El cielo estuvo oscuro desde la mañana a la noche, y el aguanieve cayó sin cesar. Josefina tenía las manos entumecidas cuando, al final de la tarde, daba con Clara las últimas puntadas al mantel del altar.

Finalmente el mantel estaba listo. Dolores lo sujetó por una punta y Ana por la otra para doblarlo con gran cuidado. Una de las flores bordadas por Clara quedó a la vista en la parte de arriba. Dolores la rozó con los dedos: —En verdad tienes el don de tu madre para el bordado —le dijo a Clara.

—Yo no consigo distinguir sus flores de las de mamá —confirmó Ana.

Una fugaz sonrisa de satisfacción chispeó en el rostro de Clara cuando la joven se quitó el dedal de plata y se lo tendió a su tía: —Gracias por permitirnos usarlo —le dijo.

En lugar de tomarlo, Dolores contestó: —Tal vez Josefina nos deje guardarlo en su caja de recuerdos. Allí estaría siempre a mano.

—Sí —dijo Josefina—. Vamos, Clara, puedes ponerlo tú misma; la caja está en el estante de nuestra recámara.

Pero Clara colocó el dedal en la palma de Josefina y, doblando los dedos de su hermana, lo encerró en un puño bien apretado: —No —dijo—, deberías ir *tú* a meterlo en tu caja, Josefina.

—Sí, guárdalo tú —dijo Dolores—. Y más valdría que tú también fueses, Clara. Ya es tiempo de que se cambien de ropa —añadió sonriendo—. ¡Estamos en Nochebuena!

Josefina y Clara corrieron por el patio en dirección a su dormitorio. Francisca, que compartía la habitación con ellas, ya había terminado de vestirse y había dejado una vela para que alumbrase a sus hermanas. Pero una vez dentro, a Josefina le pareció que la habitación estaba alumbrada por algo más que una vela. Cuando descubrió el motivo, sonrió.

Alguien había puesto encima del baúl su mantilla, su peineta y su mejor vestido. El hermoso traje amarillo iluminaba todo el cuarto. Josefina caminó hacia él, se detuvo, lo miró fijamente y se quedó boquiabierta. Allí, sentada sobre su vestido amarillo, ¡estaba Niña!

mantilla y peineta

Josefina levantó la muñeca y comprobó que su rostro era tal como lo recordaba. Los ojos que su madre había cosido con hilo negro seguían igual de vivaces, y la boca que su madre había cosido con hilo rosa aún sonreía con dulzura. Las hebras de pelo estaban lisas y desenredadas. Los brazos y las piernas estaban bien rellenos. Pero lo más increíble era que Niña vestía un traje amarillo idéntico al de Josefina. Tenía una gran falda, largas mangas que se abombaban hacia los hombros, calzones, enaguas y hasta una pequeña mantilla como la de Josefina. Ésta abrazó a la muñeca y besó sus suaves mejillas.

—Es tuya —le dijo Clara.

—¡Gracias, Clara! —susurró Josefina, estrechando a Niña entre sus brazos—. Pensé que nunca la tendría.

—¿Por qué? —preguntó su hermana.

—Yo... yo sabía que la tenías —confesó
Josefina—, y...

—¿Lo sabías? —la interrumpió Clara.

—Sí —respondió Josefina.

—¿Por qué no dijiste nada? —preguntó Clara.

—Bueno —respondió Josefina—, tía Dolores me
platicó que tú la necesitabas.

Clara asintió moviendo lentamente la cabeza:
—La necesitaba, sí. Pensaba que era todo lo que me
quedaba de mamá, pero ahora sé que tengo su don
para el bordado y eso nunca lo perderé.

Josefina acarició la delicada cinta que rodeaba el talle alzado del vestidito: —¿Hiciste tú este traje? —preguntó.

—Sí —contestó Clara—. Quería mantener la costumbre de mamá.

Josefina dedicó una generosa sonrisa a su hermana:

—Es precioso —dijo—. ¡Tal vez también tienes el don de mamá para hacer vestidos de muñeca!

Clara le devolvió la sonrisa y miró amorosamente a Niña: —Busqué en Niña consuelo porque pensaba que sólo ella podía dármelo —explicó—. Pero ahora sé que en torno a mí puedo hallarlo cuando lo necesite.

—Sí, yo también aprendí eso —Josefina abrió el puño y el dedal de plata relampagueó a la luz de la vela—. Pondré el dedal en mi caja de recuerdos para que podamos compartirlo. Y también compartiremos a Niña. Desde ahora dormirá entre nosotras.

Aquélla fue realmente una noche buena para Josefina. Finalmente, Niña era suya para amarla y cuidarla. Como el tiempo seguía frío y desapacible,

Josefina caminaba con su familia hacia la aldea con el rebozo cruzado sobre el pecho y atado a la cintura bajo la frazada que llevaba para abrigarse. Niña iba arropada dentro del rebozo. Era más tarde de lo habitual, porque ese día *Las posadas* acabarían en la iglesia y el cura, el padre Simón, comenzaría la misa al dar la medianoche. Tras la misa, la gente saldría a las heladas sombras y se desearía feliz Navidad. Después se celebraría una fiesta en casa de los García.

Josefina sabía que habría música, baile y un gran banquete. Ana llevaba una bandeja de plata llena de bizcochitos dulces como los que hacía su madre. Josefina abrazaba a Niña con impaciencia pensando en todo lo que pasaría esa noche.

Frente a la iglesia, una enorme luminaria brillaba en la oscuridad. Josefina se alegró al verla, como se alegró al entrar a la iglesia y cobijarse bajo la protección de su techo. El aguanieve había cubierto su frazada sembrándola de perlas diminutas. Josefina se la quitó y la sacudió en cuanto cruzó el umbral de la puerta. Cuando comprobó que Niña seguía bien ceñida en su rebozo, se apuró para alcanzar a su padre, su tía y sus hermanas. Estaban junto al altar con el señor García y con otros amigos y vecinos que habían acudido a decorar la iglesia.

Dolores entregó el mantel del altar al señor García.

—¡Cuánto se lo agradezco! —dijo éste a Dolores y sus sobrinas—. Me han referido que pusieron gran empeño en la labor. ¡Dios las bendiga!

—Estamos muy agradecidos —añadió la señora López—. Ahora nuestro altar lucirá tan bello como antes.

—El padre Simón anda ya en camino —dijo el señor García—. Varios hombres han ido a su encuentro para conducirlo hasta la iglesia. Sería menester que empezásemos ya mismo a engalanarla. *Las posadas* han de principiar casi al punto.

Sólo se habían prendido unas pocas velas, pues la mayoría se reservaba para la misa. La iglesia estaba en penumbra, y Josefina sintió como si todos los que calladamente se habían puesto a adornarla estuviesen preparando una linda sorpresa. Junto con su padre y el señor López, Josefina colocó ramas de pino en torno al pequeño pesebre de madera que formaba parte del nacimiento. Las ramas

desprendían el fresco y penetrante olor del
aire de montaña. Luego ayudó a instalar
las figuras talladas del nacimiento.
También ayudó a extender el mantel
sobre el altar y a alisarlo para eliminar las
arrugas. Ana, Francisca y un grupo de muchachas
acababan de disponer un arco de vistosos ramilletes
por encima del altar, cuando la señora Sánchez entró
precipitadamente en la iglesia. Parecía
angustiada.

—Discúlpeme, señor García —dijo sin
aliento—. Traigo malas nuevas: mi hija
Margarita está enferma. Ha de haberse
resfriado al salir estas noches tan frías. Está
demasiado mal para ser María. ¡Apenas puede
moverse de la cama!

—¡Cuánto lo lamento! —exclamó el señor García.

Todos suspendieron el trabajo y se agolparon
alrededor de la señora Sánchez y el señor García. La
gente murmuraba, sacudiendo la cabeza: —¡Pobre
niña! ¡Alma bendita!

Con el corazón palpitando, Josefina se hizo una
pregunta y meditó la respuesta. Después, deslizó una
mano en su rebozo para tocar a Niña y, con la otra,

tiró levemente de la manga del señor García.

Éste se volvió hacia ella. Cuando Josefina alzó la vista, su voz sonó tan tenue como firme: —¿Puedo hacer yo de María, señor García? —todas las miradas se dirigieron a ella—. Quisiera rogarle al Señor que estas Navidades sean dichosas para nosotros en la tierra y para mi madre en el cielo —añadió.

La vieja y afilada cabeza del señor García asintió pausadamente: —Cómo no, mi niña —dijo con gesto solemne—, serás María si ansina lo quieres.

Josefina se volvió hacia su padre: —¿Y usted será José, papá? —le preguntó.

—Ciertamente —respondió el señor Montoya en tono grave. No sonreía, pero miraba a Josefina con orgullo y cariño.

También su tía Dolores la miraba así.

Cuando llegó la hora, Josefina le pasó la muñeca a Clara para que ésta la cuidase: —Por favor, tenla por mí —le dijo a su hermana—. Y abrígala bien.

Clara tomó a Niña: —Lo haré, no temas —prometió.

La gente salió de la iglesia. El aguanieve,

arrastrada por el fuerte viento, picoteaba la cara de Josefina. El señor Montoya subió a su hija a lomos del burro. Aunque sabía que el asno del señor Sánchez era muy dócil, Josefina se veía demasiado lejos del suelo. Pero su padre caminaba junto a ella conduciendo el animal, y eso la tranquilizaba. La niña agarró las riendas.

Una ráfaga de viento agitó la falda de su vestido. El señor Montoya se quitó entonces la frazada que llevaba sobre el sarape y le dijo: —Será mejor que te pongas esto sobre tu frazada. Te abrigará.

—Gracias, papá —dijo Josefina, mientras su padre la envolvía de pies a cabeza.

El gentío se iba reuniendo para acompañarlos, y muchas personas se detenían a platicar con ellos. Algunos le daban palmadas en el hombro al señor Montoya; otros acariciaban el pie de Josefina o una punta de la frazada con que su padre la había arropado.

—Que Dios les dé salud y prosperidad —decían.

Josefina trató de ponerse bien erguida sobre el lomo del burro. Luego, la procesión se encaminó hacia la primera casa acompañada por el lento *clop clop* de las pezuñas sobre el suelo helado. El señor

Montoya llamó a la puerta y todos cantaron:

En nombre del cielo, os pido posada
pues no puede andar mi esposa amada.

Los de dentro respondieron:

Aquí no es mesón, sigan adelante,
yo no debo abrir no sea algún tunante.

La voz de Josefina sonó al principio vacilante. Estaba nerviosa y encogida por la vergüenza. Pero, como había ocurrido otras noches, la belleza de las canciones hizo que olvidara enseguida su timidez y se entregara a la música. Al cabo de un rato cantaba con una voz llena de esperanza y felicidad navideñas.

El padre llevó el burro de casa en casa. En cada una, los presentes cantaban pidiendo posada; y de cada una eran rechazados por quienes había dentro. Luego, esas mismas gentes salían de sus casas para unirse al grupo. Tras el último rechazo, el señor Montoya se dirigió de nuevo a la iglesia. A esas alturas, casi todos los vecinos de la aldea y todos los trabajadores del rancho se arremolinaban detrás de Josefina. Era como si todas las personas a quienes conocía y amaba estuvieran allí, a sus espaldas.

Cuando llegaron a la iglesia, su padre llamó al portón. *¡Pum!, ¡Pum!, ¡Pum!* Los golpes retumbaron en el interior. Luego, el coro se puso a cantar:

Posada te pide, amado casero,
por sólo una noche la Reina del Cielo.

El padre Simón entreabrió una de las puertas, echó una ojeada y cantó:

¿Eres tú José? ¿Tu esposa es María?
Entren peregrinos, no los conocía.

Luego abrió ambas puertas de par en par y la dorada luz de las velas bañó la noche. La campana repicó, y todos cantaron:

Dios pague, señores, vuestra caridad
y que os colme el cielo de felicidad.

El señor Montoya apeó a su hija del burro. Josefina, con las piernas temblorosas y entumecidas por el frío, agradeció los fuertes brazos de su padre. La gran frazada que la envolvía estaba tapizada de aguanieve, pero cuando se la quitó pudo comprobar que su propia frazada estaba seca.

El padre Simón echó una ojeada y cantó: ¿Eres tú José? ¿Tu esposa es María? Entren peregrinos, no los conocía.

—Josefina —oyó susurrar a alguien.

Era Clara, que le tendía a Niña. Josefina volvió a arropar la muñeca dentro de su rebozo. Entonces, su tía Dolores la tomó de una mano, su padre de la otra, y juntos entraron en la iglesia tras el padre Simón. Ana, Francisca, Clara y todos los demás los siguieron.

Josefina se quedó sin aliento. La iglesia estaba tan preciosa que tuvo la sensación de estar soñando. Todas las velas estaban encendidas. Su brillo se reflejaba en los candelabros y resplandecía en la madera pulida. Sus llamas arrojaban una cálida luz sobre el nacimiento bordeado de ramas de pino y sobre el airoso arco de delicados ramilletes que coronaba el altar.

Mas para Josefina lo más bello era el mantel del altar. Tal vez porque conocía y amaba cada una de las puntadas que durante tan largo tiempo había dado con su tía y sus hermanas. A la luz oscilante de las velas, sus colores parecían más vivos, y sus flores y hojas parecían flotar llevadas por una suave brisa. Josefina contempló con orgullo aquellas flores recién bordadas. *Mamá estaría complacida,* pensó.

La iglesia ya estaba llena de gente, y el padre
Simón empezó la misa. Cuando le tocó cantar el
principio de la nana, Josefina se puso en pie y cerró
los ojos:

> *Y a la ru, mi niño lindo,*
> *y a la ru-ru, vida mía.*
> *Duérmete, granito de oro...*

Rodeada por aquel profundo silencio, su voz
sonaba como el gorjeo de un ave solitaria en la
cumbre de una montaña. Josefina abrió entonces los
ojos y todos cantaron con ella:

> *que la noche está muy fría,*
> *que la noche está muy fría.*

Al oír las voces que se elevaban a su alrededor se
sintió tan segura y querida como se había sentido
cuando su madre le cantaba ese arrullo.

Josefina abrazó a Niña sabiendo que su ruego de
felicidad para estas Navidades había sido escuchado.

63

En
el año
1824

UN VISTAZO
AL PASADO

Para los nuevomexicanos, la época navideña era sagrada, y la iglesia tenía un papel muy importante en su celebración. Esta iglesia de aldea se construyó alrededor del año en que nació Josefina.

Cuando el invierno llegaba a las montañas de Nuevo México, todo el mundo comenzaba a prepararse para la Navidad. En la época de Josefina, el período navideño duraba casi un mes. Durante ese tiempo la gente celebraba las tradiciones de su fe católica, daba gracias a Dios por lo que le había concedido y disfrutaba junto a amigos y parientes de largas veladas donde no faltaban ni la música ni el baile ni las deliciosas comidas.

Las Navidades se iniciaban a principios de diciembre. La gente

Este nacimiento fue creado en Nuevo México a fines del siglo XVIII. Muestra a José, María y el niño Jesús en la primera Navidad.

adornaba las casas e iglesias con ramas de pino, flores de tela o papel y nacimientos. Cuando se acercaba el día de Navidad, mujeres y niñas empezaban a cocinar picantes posoles, empanaditas de carne, bizcochitos, tamales y otros platos de fiesta.

Las obras religiosas que durante siglos se habían representado en España y México también formaban parte de la Navidad. Estas obras generalmente iban acompañadas de música e incluían escenas cómicas. Para los muchos que en aquel tiempo no sabían leer, el teatro religioso era una fuente de entretenimiento y una forma de mantener vivas sus creencias.

Al igual que en la aldea de Josefina, durante las Navidades se representaba en todo Nuevo México una obra llamada *Las posadas.* Desde el 16 de diciembre, y a lo largo de nueve días, cada pueblo ponía en escena la historia evangélica de la Natividad en Belén. Las dos personas que interpretaban a María y José, los padres de Jesús, iban de casa en casa pidiendo posada. Sus vecinos los

*Los colonos españoles llevaron la tradición de **Las posadas** a muchas partes del Nuevo Mundo. Este grabado muestra una procesión de **Las posadas** en la Ciudad de México a mediados del siglo XIX.*

seguían sosteniendo velas y cantando villancicos. El camino estaba alumbrado por unas hogueras que recibían el nombre de *luminarias.* Como les ocurrió a María y José, en ninguna casa les daban acogida. Finalmente, eran admitidos en la última casa del recorrido, donde todo el pueblo podía disfrutar del baile y la música, y de delicias como los dulces y el chocolate caliente.

La música y el baile eran ingredientes indispensables de las alegres fiestas navideñas.

Interpretar a María y José en *Las posadas* era una responsabilidad importante. Se trataba de una obra religiosa, y era costumbre que quienes hacían esos papeles rogaran a Dios algo especial, como hizo Josefina en el relato que acabas de leer.

chocolatero

La mayor celebración tenía lugar en Nochebuena. Al atardecer, los vecinos se reunían para cantar, rezar, contar historias y tocar guitarras y violines.

Este violín, hecho a mano, data del siglo XIX.

Después daba comienzo el último acto de *Las posadas*, que esa noche concluía dentro de la iglesia. En los escasos pueblos que por entonces contaban con un sacerdote se celebraba a medianoche la impresionante Misa del Gallo. Si no había un cura disponible, la gente se reunía en la iglesia para rezar, cantar villancicos y representar una obra navideña llamada *Los pastores*. A continuación se hacían fiestas y banquetes que se prolongaban hasta el amanecer. A los niños les encantaba la Nochebuena porque podían quedarse despiertos toda la noche, gozando de los festejos y escuchando relatos y canciones.

Niños y adultos interpretaban papeles en las obras navideñas.

*La obra navideña llamada **Los pastores** ha sido representada en Nuevo México durante cientos de años. En esta foto, de alrededor de 1915, un niño hace del Arcángel San Miguel. Está luchando contra el diablo, que aparece a la izquierda, con cuernos.*

Durante varios siglos, los indios pueblo han celebrado bailes especiales en la época navideña. Uno de los más comunes es el Baile del Venado, que se ve en la foto de arriba. El grabado a la izquierda muestra un baile ceremonial de los indios pueblo en la década de 1850.

Los indios pueblo de Nuevo México también celebraban la Navidad. Familias de colonos como la de Josefina acostumbraban visitar algún poblado indio cercano para asistir a las danzas navideñas. Casi todos los habitantes participaban en los bailes, que duraban la mayor parte del día y se hacían al compás de un ritmo de tambor lento y uniforme. Más tarde, los visitantes eran invitados a una comida en las casas de sus amigos indios.

Las Navidades terminaban el 6 de enero, día de los Reyes Magos.

Estas figuras talladas a mano representan a los Reyes Magos. Según la historia bíblica, los tres reyes, guiados por una estrella brillante, viajaron desde muy lejos para ofrendar sus regalos al niño Jesús.

*Los niños encontraban sorpresas en sus zapatos
el 6 de enero, día de los Reyes Magos.*

La víspera, los niños dejaban paja en
sus zapatos para alimentar a los
camellos de los tres reyes. A la mañana siguiente,
descubrían que la paja había sido reemplazada por
dulces o juguetes.

A los niños del actual Nuevo México les siguen
gustando las tradiciones como *Las posadas,* la Misa del
Gallo y las danzas de los indios pueblo. También
disfrutan, como Josefina, con el posole picante, los
tamales y los bizcochitos. Pero en lugar de encender
luminarias de Navidad, los
nuevomexicanos de hoy prenden unos
farolitos hechos con velas y bolsas de papel.
Las viejas y nuevas costumbres hacen que
la Navidad en Nuevo México sea hoy tan
mágica como lo era en la época de Josefina.

*Los **farolitos** son una tradición navideña en el Nuevo México actual. La niña de la foto de
arriba hace el papel de María en una celebración moderna de **Las posadas**.*

71

THE AMERICAN GIRLS COLLECTION®

FELICITY JOSEFINA KIRSTEN ADDY SAMANTHA MOLLY

There are more books in The American Girls Collection. They're filled with the adventures that six lively American girls lived long ago.

The books are the heart of The American Girls Collection, but they are only the beginning. There are also lovable dolls that have beautiful clothes and lots of wonderful accessories. They make these stories of the past come alive today for American girls like you.

To learn about The American Girls Collection, fill out this postcard and mail it to Pleasant Company, or call **1-800-845-0005**. We will send you a catalogue about all the books, dolls, dresses, and other delights in The American Girls Collection.

I'm an American girl who loves to get mail. Please send me a catalogue of The American Girls Collection:

My name is _____

My address is _____

City _____ State _____ Zip _____

Parent's signature _____

1961

And send a catalogue to my friend:

My friend's name is _____

Address _____

City _____ State _____ Zip _____

1225

The AMERICAN GIRLS CLUB™

Do you love the American Girls? Then join the Club—The American Girls Club! It's for girls like you to discover even more about Felicity, Josefina, Kirsten, Addy, Samantha, and Molly. Meet fellow Club members through the Club newspaper, *The American Girls News*™—it's like having a Club meeting in your home six times a year! As a member, you'll also receive a Club handbook bursting with crafts, projects, and activities to last the whole year! For a free catalogue full of exciting Club details, fill out the attached card or call us today!

Join the Club fun! Call 1-800-845-0005 today!